Basis des Mörders

William J. Brittain

Writat

Diese Ausgabe erschien im Jahr 2024

ISBN: 9789359940199

Herausgegeben von
Writat
E-Mail: info@writat.com

BASIS DES MÖRDERS

Von WILLIAM BRITTAIN

**Sie spielten ein grässliches Spiel auf diesem einsamen Asteroiden.
Mörder und zukünftiges Opfer tanzten und machten Finten zwischen Weltraumsender und Schiff. Nur die Stars kannten den Gewinner.**

Er konnte sich nicht genau daran erinnern, wann ihm die Idee kam, Hervey zu töten. Wahrscheinlich war es jedoch an jenem Tag auf der Hermes-Station gewesen, als ihm der Schraubenschlüssel aus der Hand gerutscht war, als er am Turm arbeitete; Es war leicht nach unten geglitten und hatte Hervey einen flüchtigen Schlag auf den Helm versetzt. Sie hatten darüber gelacht, und Hervey hatte gesagt: „Wenn wir unter Schwerkraftbedingungen wären , Joe, hätte mich das wahrscheinlich umgehauen."

Damals war es lustig gewesen, aber es war nicht mehr lustig . Joe Berne beobachtete Hervey jetzt die ganze Zeit und wartete. Es musste eine Gelegenheit geben, irgendwann , irgendwann. Unfälle kam es beim Einsatz der Baken nicht häufig vor, aber sie kamen vor. Und es musste wie ein Unfall aussehen.

Berne wusste, dass es nicht einfach werden würde. Sam Hervey war ein vorsichtiger, umsichtiger Mann. Er war ein Mann, der seine Ausrüstung überprüfte, bevor er durch die Luftschleuse ging, der seine Jets pflegte, als wären sie Säuglinge, ein Mann, der fest entschlossen war, ein langes Leben in einem schmutzigen Geschäft zu führen, in dem die Sorglosen jung starben. Berne war froh gewesen, als der Space Service ihn mit Hervey zusammengebracht hatte; das Personal hatte offensichtlich gehofft, dass eine Dienstzeit mit dem erfahrenen Hervey ihm die Ausgeglichenheit und das Urteilsvermögen verleihen würde, die dem jüngeren Mann offenbar fehlten. Es hatte geklappt ... Berne, Hervey und das ramponierte alte Serviceschiff 114 hatten einen beneidenswerten Rekord in Sachen Effizienz und Sicherheit vorzuweisen. Und nach ihrem Urlaub hatte Hervey darum gebeten, auf einer weiteren Dienstzeit mit Berne zusammenarbeiten zu dürfen.

Hervey war gut in dieser verdammten, langweiligen, hasserfüllten Aufgabe. Nicht viele Männer waren bereit, neun Monate im Jahr damit zu verbringen, von Asteroid zu Asteroid zu fliegen, die großen Leuchtfeuer zu überprüfen, zu warten und darüber zu berichten, die den gefährlichen Raumweg vom Mars zu den Jupitermonden strahlten. Es war immer mühsam, oft anstrengend und manchmal gefährlich, und sogar Sam Hervey hatte gesagt, dass er froh wäre, wenn es raus wäre.

Das war der Anfang gewesen, drei Monate zuvor. Die keuchende alte SS-114 hatte auf dem Weg zur Adonis-Station zwei ihrer alten Achterrohre durchgebrannt, und Berne hatte sie auf einem zerklüfteten, unbenannten Brocken schwarzer Schlacke abgesetzt, wo sie neue Auskleidungen anbringen konnten. Zwischen den Zaubersprüchen auf der Röhre hatten sie über den winzigen Planetoiden geschaut, und auf einer ihrer Reisen durch die vom Weltraum gezeichnete Ödnis hatten ihre Kanonenzähler begonnen, bedrohlich zu ticken. Sie waren zum Schiff zurückgeflohen; Die Schnelligkeit der Signale warnte sie, dass das Ausmaß der Radioaktivität weitaus größer war, als selbst ihre abgeschirmte Raumkleidung aushalten konnte.

Berne hatte sich an diesem Tag genüsslich die Hände gerieben.

„Es muss eine verdammt große Anzahlung sein, eine solche Strahlung aufzubauen", hatte er gegluckst, und Sam Hervey hatte ihm nach reiflicher Überlegung zugestimmt. Damals hatten sie begonnen, ihre Pläne zu schmieden; Sie würden ihre Gelder zusammenlegen, ein kleines Schiff auf dem Mars kaufen, es mit Ausrüstung ausrüsten und die Lagerstätte bearbeiten. Selbst wenn es nicht so groß wäre, wie sie es sich erhofft hatten, würde es sie für das Leben rüsten.

„Es wird nicht einfach sein, Joe", hatte Hervey gewarnt. „Selbst mit allem, was wir auf der Bank haben, plus dem, was wir uns leihen können, können wir den Deal nicht abschließen. Wenn wir uns beim Service für eine weitere Reise anmelden, reichen die sechstausend Credits, die wir daraus sammeln ."

Berne hatte damit argumentiert. Er sah keinen Sinn in einer weiteren Tour, weiteren neun Monaten in der einsamen Wüste. Vielleicht könnten sie eines der großen Bergbauunternehmen einbinden. Hervey hatte ihn mitleidig angelächelt .

„Lass uns langfristig denken, Junge“, hatte er gesagt. „Wir beteiligen uns an einem der Unternehmen, und sofort haben sie einen großen Anteil an der Lagerstätte. Wir könnten sogar die Bergbaurechte beantragen und dann verkaufen – jemand anderen die harte Arbeit machen lassen. Aber wenn wir es selbst machen , haben wir richtig viel Geld und müssen mit niemandem teilen.“

Er hatte sich in der überfüllten Kabine der SS-114 umgesehen.

„Herr“, sagte er langsam, „glauben Sie nicht, dass ich auch gern hier raus möchte? Ich habe genug von den Bedingungen ohne Schwerkraft , genug vom Atmen mit verbessertem Sauerstoff. Mir gefällt das nicht besser als Ihnen. Aber ich habe damit meinen Lebensunterhalt verdient. Noch neun Monate davon, ein paar Ausflüge zu unserem Streik – und dann ziehen wir uns zurück.“

Berne hatte so viel darüber nachgedacht, dass es ein Loch in sein Gehirn fraß. Hervey rechnete damit, dass es zwei, vielleicht sogar drei Jahre dauern würde, bis sie in der Lage wären, ihre Bergbaurechte an eines der großen Unternehmen zu verkaufen, die für eine groß angelegte Gewinnungsaufgabe ausgerüstet wären. Zu diesem Zeitpunkt, hatte Hervey gesagt, würden die Gebote für ihre Rechte so hoch sein, dass sie es sich leisten könnten, wählerisch zu sein.

Vielleicht ja, dachte Joe, aber so konnte er es nicht sehen. Er wusste, dass sie jetzt verkaufen und genug verdienen konnten, um für den Rest ihres Lebens das zu tun, was sie wollten. Sicher, sie würden nicht so viel verdienen, aber...

„Zum Teufel mit der Langstrecke“, hatte sich Joe Berne gesagt. „Ich bekomme meins, solange ich noch jung genug bin, um es zu genießen.“

Also beschloss er, Sam Hervey zu töten. Ohne Hervey würde Joe Berne die Kaution besitzen. Es würde keine Aufteilung des Takes geben. Die Tatsache, dass Sam Hervey sein Freund gewesen war, kam Joe Berne nicht einmal in den Sinn.

Mord im Weltraum ist nicht einfach. Die Space Patrol ist bei solchen Dingen neugierig. Joe Berne wusste, dass Sam Herveys Tod zufällig erscheinen musste; Sobald Bern Anspruch auf Schürfrechte angemeldet hätte, wäre die SP höchst an der Art und Weise des Todes seines Partners interessiert gewesen.

Eine Entsorgung der Leiche kam nicht in Frage – jedenfalls nicht im Weltraum. In der glühenden Hitze der Venusdschungel wäre das vielleicht ein Leichtes gewesen; dort verrotteten die Körper der Erdlinge und verschwanden. Aber hier draußen in der eisigen Leere zwischen Mars und Jupiter bleiben die Toten für immer unverändert. Auch Herveys Leiche konnte nicht in den Weltraum abgeworfen werden; von der Anziehungskraft des Raumschiffs festgehalten, würde sie langsam die SS-114 umkreisen wie ein schreckliches Spielzeug an einer Schnur, eine stumme Anklage gegen einen Mörder … Auch konnte die Leiche nicht auf einem Asteroiden begraben werden; der Space Service verlangte, dass die Toten, wann immer dies menschenmöglich war, nach Hause gebracht wurden. Berne konnte sich keine Umstände vorstellen, die im Asteroidengürtel eintreten könnten und die dem Space Service und dem SP ausreichend erklären könnten, warum Sam Hervey nicht nach Hause gebracht wurde.

SS-114 müsste mit ihrem Ingenieur an Bord, der im Laderaum festgefroren wäre und den Unfall, bei dem er ums Leben kam, bezeugen würde, am Mars Terminal landen …

Das große Leuchtfeuer der Astarea- Station pulsierte stetig in die sternenübersäte Leere. Sam Hervey beendete seine Wartungscheckliste und beobachtete Joe Berne, der wütend an seinem Schreibtisch kritzelte, die kräftigen Schultern über das Papier gebeugt. Berne blickte auf und sah, wie die blassblauen Augen seines Partners auf ihm ruhten, und sah die Belustigung in dem weltraumgebräunten, heimeligen Gesicht.

„Wirst du es nie leid, dir ständig zu überlegen, wie du dein Geld ausgeben sollst?", fragte Hervey. Er schob die Teller weg und entspannte sich auf seinem Platz. Er rülpste leise, stopfte Tabak in seine alte Pfeife und blies Berne eine reflektierende blaue Rauchwolke entgegen. Berne spürte einen Anflug von Ärger.

„Nein", sagte er kurz angebunden. „Ich bin schon zu lange arm. Es gibt so viele Dinge, die ich will, ich weiß gar nicht, wo ich anfangen soll."

„Höchstwahrscheinlich ein Hubschrauber eines neuen Modells", sagte Hervey leichthin. „Willst du ein rotes oder ein gelbes? Und eine dauerhafte Mitgliedschaft in einem der sexy Vergnügungsdome in Luna City, vielleicht sogar mit Blondine?"

Hervey machte sich über ihn lustig. Berne spürte, wie sich seine Fäuste ballten und die Muskeln in seinen Schultern anspannten. Pass auf, sagte er sich.

„Vielleicht", antwortete er. "Warum nicht?"

Der alte Mann lachte und beobachtete Bernes dunkles, gerötetes Gesicht durch den Rauch.

„Ein Narr und sein Geld ...", zitierte er. „Du bist kein Dummkopf, Joe, aber du neigst dazu, nachlässig zu sein. Wie neulich, als ich dich gebeten habe, die Sauerstoffversorgung der Anzüge zu überprüfen."

„Das habe ich vergessen", sagte Berne mürrisch. „Jeder kann vergessen."

„Nicht hier draußen", sagte Hervey scharf. „Im Weltraum gibt es nicht viele zweite Chancen."

Berne sah den älteren Mann an und fragte sich, ob er misstrauisch wurde. Er hatte nicht vergessen, die Sauerstoffversorgung zu überprüfen, bevor sie durch die Luftschleusen der Adonis-Station gingen. Er hatte sich sehr vergewissert, dass Herveys Anzugtanks fast leer waren. Doch kurz bevor sie das Schiff verließen, hatte Sam Hervey innegehalten, seine gesamte Ausrüstung überprüft und natürlich anhand der Anzeigen an seiner Anzug-Kontrollbox festgestellt, dass seine Tanks fast leer waren. Hervey hatte wenig gesagt – nur eine weitere Vorlesung darüber, im Weltraum vorsichtig zu sein –, aber vielleicht hatte er angefangen, darüber nachzudenken, hatte sich daran erinnert, dass er selbst die Tanks ein paar Tage zuvor gefüllt hatte ...

Es war Zeit, klug zu spielen.

„Ich weiß", entschuldigte sich der große Mann demütig. „Es tut mir leid, Sam. Manchmal denke ich, ich werde es nie lernen. Wenn du nicht wärst ..."

Sam Hervey lächelte. „Du wirst es lernen", sagte er. „Du lernst die ganze Zeit. Mach noch einen Astronauten, bevor ich mit dir fertig bin. Aber du warst schon ein ziemlicher Wildfang, als sie dich mit mir zusammengebracht haben. Du musstest nur ein bisschen geübt werden.“

Wer zum Teufel will schon Raumfahrer werden, dachte Berne. Zur Hölle damit und mit dieser Wichtigtuerin von alter Jungfer und ihrem überlegenen Gehabe. Er gähnte.

„Ich gehe jetzt ins Bett“, verkündete er.

Hervey nickte. „Ich bin bei dir“, sagte er. „Wir sind morgen hier fertig, gleich überprüfen wir die Leistungsabgabe. Und dann geht es zur Hermes-Station.“

Er streckte sich. „Ich werde wohl alt, Joe. Ich brauche meinen Schlaf, bevor ich mich für den Start anschnalle. Es scheint, als würden mich die G-Kräfte viel stärker treffen als früher.“ Er betrachtete bewundernd die Masse und die Muskeln seines jüngeren Partners. „Jetzt bist du so gebaut, dass du die Beschleunigung aushältst. Ich bin es nicht – zu dünn und zu alt.“

Hervey schnallte sich von seinem Stuhl los und trieb, sich an den Handgriffen entlangziehend, zu seiner Koje.

„Wäre schön, eines Tages ins Bett zu gehen und einzuschlafen, ohne mich einzuschließen“, sagte er. Und das erinnert mich daran …“

Berne sah auf. „Ja?“

„Joe, überprüfe unbedingt die Beschleunigungsgurte, bevor wir morgen abheben. Beim letzten Mal habe ich gespürt, dass meine ein wenig nachgeben . Ich habe nicht vor, eines Tages durch die Schottwand meiner eigenen Zündkammer gestoßen zu werden.“

„Sicher, Sam.“

Berne hatte gespürt, wie sein eigenes Geschirr nachgab, erinnerte er sich. Das Schiff wurde alt; es musste vor seiner nächsten Reise neu ausgestattet werden. Wie diese Geschirre zum Beispiel. Die Belastung war enorm … Da brach es ihm durch den Kopf, und seine Perfektion und Einfachheit überflutete seinen Verstand. Natürlich! Warum war ihm das nicht früher eingefallen?

„Ich gehe aufs Klo“, sagte er zu Hervey. Er verließ die Kabine, betrat den Drucktunnel nach achtern und schloss die Tür hinter sich.

Es wäre so einfach. In einem kleinen Zwei-Mann-Schiff wie der SS-114 läge der Ingenieur in seiner Steuerstation achtern, in seinem Gurtzeug gegen den schrecklichen, zerschmetternden Schub der Beschleunigung abgefedert. Ein geschwächtes oder nicht richtig befestigtes Gurtzeug – und ein Mann würde schreiend in den Dschungel aus Zahnrädern, Steuerhebeln und Verteilerkästen geschleudert, die die Schottwand der Zündkammer säumten. Er würde gegen dieses unnachgiebige Metall prallen und wie ein Kinderspielzeug zerbrechen …

Oh, es war einfach, aber nicht ganz so einfach, nicht bei einem Mann wie Sam Hervey. Selbst wenn er Joe Berne völlig vertrauen würde, würde Sam Hervey sein eigenes Geschirr überprüfen, nur um sicherzugehen; Es war die Gewohnheit eines Lebens im Weltraum. Und vor allem nach dem Zwischenfall mit der Sauerstoffflasche. Aber es gab einen anderen Weg, einen besseren Weg. Im trüben Licht des Tunnels kniete Joe Berne neben einem der Werkzeugschränke. Er fand, was er suchte, und seine große Hand schloss sich beruhigend um den Griff eines schweren Schraubenschlüssels. Er schloss leise die Spindtür, steckte den Schraubenschlüssel in den Bauchbund seiner Latzhose und schlenderte zurück zur Kabine.

Ein vernichtender Schlag, und es wäre vorbei. Dann würde er am Geschirr arbeiten, es weiter schwächen, und vor dem Abheben würde er Sam Herveys Leiche im Gurtband wiegen. Der Stoß, die widerstandslose Leiche, die sich am Gurt zerrt – dann loslassen und das tote Ding gegen die Trennwand prallen … Keine Wunden, keine Verletzungen an dem ramponierten Ding, die nicht durch den Aufprall auf die verhedderten Zahnräder erklärt werden könnten. Es war schon einmal im Weltraum passiert; es würde wieder passieren.

<hr>

Sam Hervey war bereits angeschnallt, als er zurückkam, aber er war noch wach und beobachtete Berne. Jetzt? Berne beschloss zu warten, bis Hervey schlief. Er drehte sich mit dem Rücken zur anderen Koje, während er am Geländer entlang zu seinem eigenen Sack tastete; Es war nicht nötig, Hervey die Beule in seiner Mitte sehen zu lassen ... Schnell schob er es unter die Decke, zog es aus, schaltete das Licht aus und schnallte es fest. In der Dunkelheit hörte er Herveys leises „Nacht, Joe.“

„Gute Nacht, Sam." Er grinste in die Dunkelheit, seine Finger umschlossen den Schraubenschlüssel und wartete.

Das Warten dauerte nicht lange. Die Atmung in der Kabine beruhigte sich, wurde tief und regelmäßig. Das kurze Hin- und Herwälzen hörte auf. In der Kabine war es still. Langsam und vorsichtig löste Joe Berne den Gurt seines Bettes. Diesmal war er dankbar für die Schwerelosigkeit . Er musste den Boden erst im letzten Moment berühren, wenn er festen Stand brauchte, um den Schraubenschlüssel zu schwingen …

Vorsichtig glitt er durch die Kabine, seine linke Hand berührte leicht das Geländer und schob sich vorwärts. Er hielt den Atem an. Noch ein paar Meter … Er hob den Schraubenschlüssel und versuchte angestrengt, in der Dunkelheit etwas zu sehen.

Sam Hervey bewegte sich rasch. Sein schlanker, drahtiger Körper drehte sich auf der schmalen Koje, der Gurt wurde abgeworfen – wie hatte er sich nur so schnell befreien können? – und er sauste davon, schluchzend durch die Zähne und krallte sich in den größeren Mann. Joe Berne schnappte erschrocken nach Luft und fiel vor der Wut des plötzlichen Angriffs zurück. Eine harte Faust krachte in seinen Bauch, und er fluchte und schwang den Schraubenschlüssel. Er schnitt in die Luft, und Hervey krabbelte vor ihm davon. Die Kabinentür wurde ruckartig aufgerissen, und im trüben Tunnellicht sah Berne, wie seine Beute davonstürzte, ein schockiertes, weißes Gesicht starrte ihm über die Schulter entgegen. Fluchend schleuderte Berne den Schraubenschlüssel. Natürlich war es zwecklos. Er glitt langsam aus seiner Hand und krachte gegen die zugeschlagene Stahltür.

Berne zitterte vor Wut; Wellen kranker Übelkeit packten ihn. Sein trauriger Misserfolg wand sich in seinem Magen, und er fluchte erneut, während er sich aus der Kabine tastete. Hervey hatte das Tunnellicht ausgeschaltet; in der Dunkelheit vor ihm hörte Berne, wie Hervey am Handlauf entlangkletterte, und dann ein Klappern, als etwas herunterfiel.

Er stürzte sich mit großen Sprüngen auf das Geräusch zu und nutzte die Kraft seiner Beine, um sich nach vorne zu katapultieren. Er sah die Falle nicht, die Hervey aufgestellt hatte, das Gewirr aus gepanzertem Kabel, das Hervey aus einem Schließfach gerissen und in den engen Tunnel hinter ihm geschleudert hatte. Berne zerschmetterte das Kabel, schrie Hervey Obszönitäten entgegen und kämpfte darum, sich aus der verdrehten Masse zu befreien.

Hervey hatte Zeit gewonnen, als Berne die Kabinentür vor der Nase zugeschlagen wurde und das Kabel aus dem Spind in den Tunnel geschleudert wurde. Als Berne sich befreite und wieder nach vorne sprang, hörte er das *Rauschen* der entweichenden Luft, als die innere Luftschleusentür geöffnet wurde. Dann hallte das Klappern der Schleusentür durch das Schiff. Hervey war für eine Weile in Sicherheit.

Aber er konnte nicht weit kommen. Schluchzend, Flüche von sich gebend und vor Wut mühsam schlüpfte Berne in sein Weltraumgewand und öffnete den Waffenständer neben der Schleuse. Mit Befriedigung stellte er fest, dass der fliehende Hervey nicht damit gewartet hatte, sich zu bewaffnen. Berne stürzte durch die Schleuse.

***

Das große gebänderte Gesicht des mächtigen Jupiter schien den ganzen Himmel auszufüllen und senkte sich auf die zerklüftete schwarze Wüste des Asteroiden. Fünfhundert Meter vom Schiff entfernt kauerte die graue Metallkuppel der Astarea- Station verlassen am Fuß des hoch aufragenden Leuchtfeuerturms. Im kalten Dämmerlicht sah Berne die massige Gestalt von Sam Hervey im Raumanzug auf die Station rennen.

Berne kniete oben auf der Leiter, zielte sorgfältig und drückte den Hebel des schweren Gewehrs. Die Raketenflamme schoß hervor. Direkt hinter der flüchtenden Gestalt und an der Seite schoß die Rakete in einem kurzen, blendenden Leuchtfeuer wie Pilze aus dem Boden. Berne konnte das Glitzern des Visiers sehen, als Hervey den Kopf drehte. Er feuerte erneut und verfluchte das schwache Licht, als er über das Ziel hinausschoss. Die rennende Gestalt schwankte, schaute zurück und machte sich wieder auf den Weg in die sichere Luftschleuse der Station – in Richtung des Funkgeräts, das die Marsbasis anrufen und die Geschichte eines Mordes erzählen konnte …

Die Reichweite war zu groß. Er verfehlte erneut, aber Hervey wandte sich ab. Als Silhouette vor dem Kreis der Luftschleuse der Station war er ein gutes Ziel – doch als Berne zwischen den alptraumhaften Umrissen der schwarzen Felsen herumlief, konnte er ihn kaum sehen.

Hervey erkannte, dass er es nicht in die Sicherheit der Station schaffen würde. Er wich aus, sprang bei jedem großen Schritt hoch und raste in die wilde Dunkelheit. Berne sprang die Leiter hinunter und rannte zum Bahnhof, spähte ins Dämmerlicht, den Finger auf dem Schalter. Dann sah er ihn, wie er ruhig auf einem Felsvorsprung saß und zusah. Berne schaltete seinen Kommunikator ein.

„Du kannst nicht entkommen, Sam“, sagte er.

Die Antwort kam dünn aus den Kopfhörern zurück.

„Ich werde es versuchen, Joe“, sagte Hervey. „Bist du verrückt geworden?“

Berne lachte ins Kehlkopfmikrofon. „Nein“, sagte er. „Ich bin bei Verstand, Sam. Ich habe nur beschlossen, dass ich das Geld nicht mit dir teilen würde, Sam. Oder drei Jahre warten, bis ich es bekomme.“

Er hörte das leise „Oh“ des anderen. Hervey stand auf, entfernte sich von der Felsnase und blickte zurück. Berne nahm ungefähr in der Mitte zwischen dem Schiff und der Station Stellung und beobachtete ihn. Hervey war fertig, sagte er sich; Es war nur eine Frage der Zeit ... Bern könnte beide Häfen abdecken.

Er war sich seines Sieges so sicher, dass er zutiefst schockiert und ein wenig ängstlich war, als er hörte, wie Sam Hervey zu lachen begann. Was...?

„Joe?“ Die Stimme war in seinen Ohren.

„Ja, Sam.“

„Du würdest doch nicht einen alten Freund verprügeln wollen, oder, Joe?“

„Es wäre mir eine Freude, Sam.“

Das Lachen ertönte erneut. „Nun, Joe, du benutzt deinen Kopf nicht. Du bist immer nachlässig, Joe. Was würde die Space Patrol sagen, wenn sie mich voller Raketenfragmente finden würde? Könnte ein bisschen hart für dich sein, Joe.“

Joe Berne schnappte nach Luft, und dann überkam ihn die Wahrheit. Ihr Götter, dachte er, was für ein Narr ich bin! Ich hätte ihn fast erwischt, ihn fast mit dem Projektor zu Fall gebracht. Die schwere

Waffe entglitt seinen kraftlosen Fingern. Er setzte sich schwerfällig auf einen Felsen und starrte verbittert in die Dunkelheit.

„Du kannst nicht ewig da draußen bleiben, Sam", sagte Berne dumpf. „Vielleicht kann ich dich nicht mit einer Rakete töten, aber ich kann dich mit etwas anderem töten."

„Ich weiß, dass ich nicht gegen dich kämpfen kann", sagte Hervey vernünftig. „Du bist größer und stärker. Aber du musst mich fangen, Joe – und ich kann schneller rennen als du es jemals könntest, du großer dummer Ochse."

Berne schüttelte den Kopf. Alles war falsch. Was war passiert?

„Du kannst nicht für immer da draußen bleiben, Sam", wiederholte er.

Das Kichern war wieder zu hören, dünn und geisterhaft in den Kopfhörern. „Nein", sagte Hervey. „Aber Joe – das kannst du auch nicht!"

Was meinte Hervey? Berne blickte zurück zum Schiff und dann auf die stumpfe Metallkuppel der Astarea- Station.

Und dann fiel ihm ein, was Sam Hervey versucht hatte zu sagen.

Er, Joe Berne, wagte es nicht, zum Schiff zurückzukehren, solange Sam Hervey lebte, denn dann konnte Hervey in die Sicherheit der Station stürmen. Berne wagte es auch nicht, zur Station zu gehen, denn dann wäre das Schiff ungeschützt gewesen. Wenn Berne zu einem der beiden Orte ging, konnte Hervey problemlos die Luftschleuse des anderen Zufluchtsorts erreichen, hindurchschlüpfen, die Türen aufsperren und ausharren, während er auf die Ankunft der Raumpatrouille wartete.

„Patt, Joe", sagte Sam Hervey leise. „Du bist am Zug."

Berne geriet in Rage. Er heulte vor Wut, hob einen Stein auf und schleuderte ihn in Richtung der Stimme. Fluchend stürzte er sich auf die gequälten Felsen und suchte nach seinem Peiniger.

„Ich bringe dich um", schluchzte er. „Ich bringe dich um!"

Sam Hervey zögerte nicht. Er wappnete sich und schoss davon. Eine halbe Stunde lang folgte ihm Berne, keuchend, wütend, fast wahnsinnig vor Wut. Sie sprangen und drehten und wanden sich, zwei verrückte kleine Gestalten, die im kalten Jupiterlicht rannten, keuchend in dem dünnen Luftstrom aus ihren Anzugflaschen, das Blut pochte in ihren Gehirnen. Und immer kreiste Hervey um Berne herum und versuchte, zwischen Berne und das Schiff zu gelangen, zwischen Berne und die Station, zwischen Berne und die Dinge, die der große Mann immer gewollt hatte, den Reichtum und den Komfort, für die er bereit gewesen war, zu morden …

Und dann war der wilde Sprint vorbei, und Berne blieb keuchend unter einem schwarzen Felsfinger liegen und starrte die unbeholfene, in ein Weltraumgewand gekleidete Gestalt wütend an, die ihn so gelassen von einem anderen Felsen in 450 Metern Entfernung aus beobachtete.

„Wir verbrauchen auf diese Weise eine Menge Sauerstoff, Joe", sagte Hervey leise. Berne fluchte und blickte rasch auf seine Anzeige. Nein, die Tanks waren voll gewesen. Sie hatten einen Vorrat für drei Tage. Aber … wenn dieser aufgebraucht war? Konnte er dann in aller Ruhe zum Schiff oder zum Lagerraum der Station zurückkehren und seine Tanks auffüllen? Nein. O Gott, nein! In dieser kurzen Zeitspanne würde Hervey die Zuflucht finden, die er gesucht hatte, die Zuflucht, die das Ende von Joe Berne bedeutete.

Berne stand auf und ging zurück zum Schiff. Er drehte sich einmal um; Hervey folgte ihm, wahrte Abstand, folgte ihm aber. Berne drehte sich um und ging auf ihn zu. Hervey huschte davon und sein Kichern war in den Kopfhörern zu hören. Hervey hielt inne und wartete.

„Schlag, Joe", sagte Hervey. „Wer ist da? Weißt du es?"

Berne antwortete nicht. Er ging auf das Schiff zu und schaute über die Schulter. Plötzlich rannte Sam Hervey in Richtung Bahnhof. Berne schrie und rannte auf ihn zu. Hervey war in Sicherheit. Als Berne sich dem Bahnhof zuwandte, machte sich Hervey auf den Weg zum Schiff. Berne trieb ihn zurück.

"Das macht Spaß, Joe", sagte Hervey. Er umkreiste das Schiff vorsichtig und kam diesmal immer näher. Wieder griff der große Mann an, wieder zog sich Hervey zurück und wartete. Als Berne schließlich seinen Posten genau zwischen dem Schiff und der Station erreichte, wo er das Gewehr fallen gelassen hatte, war Hervey zwar immer noch 450 Meter entfernt, aber er war näher am Schiff als zuvor.

„Sie schaffen es nicht bis zum Schiff", warnte ihn Berne. „Ich bin bei Ihnen, bevor Sie die Schleuse geschlossen haben."

„Ich weiß", stimmte Hervey nüchtern zu. „Das würde mir überhaupt nicht gefallen, Joe."

„Nein", sagte Berne. „Das würdest du nicht."

Patt. Die beiden Männer saßen auf den schwarzen, versengten Felsen und beobachteten einander, und die Stunden vergingen wie im Flug. Zweimal stand Berne auf und jagte Hervey davon, in die äußere Dunkelheit. Es war sinnlos.

„Du hast dich ganz schön in Schwierigkeiten gebracht, Junge", sagte Hervey. „Du solltest lernen, nicht so unvorsichtig zu sein."

„Halt die Klappe", sagte Berne mit zusammengebissenen Zähnen.

„Ich fand die Sache mit den Sauerstoffflaschen witzig", fuhr Hervey fort. „Ich musste innehalten und nachdenken, Joe. Dann wusste ich, was du vorhattest. Und als ich dort hinten in der Kabine das Geschirr erwähnte, hast du vergessen, dein Gesicht zu verbergen. Ich hatte so eine Ahnung, dass du heute Abend etwas versuchen würdest."

„Du warst nicht festgeschnallt." Bernes Stimme war schmollend anklagend.

„Nein", stimmte Hervey fröhlich zu. „Das war ich nicht. Als du in den Tunnel gegangen bist, um deinen Schraubenschlüssel zu holen, habe ich mich gelöst. Ich habe mich mit beiden Händen an der Koje festgehalten und darauf gewartet, dass du deinen dummen Entschluss fasst."

„Halt die Klappe", sagte Berne. "Den Mund halten!" Seine Stimme steigerte sich zu einem Schrei, der ihn in seinem Helm taub machte. „Ich werde dich in Stücke brechen."

„Noch nicht, das bist du nicht ", erwiderte die spöttische Stimme. „Und du hast bestimmt auch noch etwas anderes vergessen."

"Was?"

„Der tägliche Radiobericht an Base, Joe. Erinnerst du dich?" Die Stimme verstummte und kicherte grimmig.

Für einen Moment spürte Berne, wie Panik ihn erfasste und ihn wild durch den Raum schleuderte. Dabei wurde ihm schwindelig. Der Tagesbericht! Wenn SS-114 nicht durchkäme, würde Base sich fragen.

„Vergiss es", sagte er. „Sie werden sich eine Weile keine Sorgen machen . Vielleicht ist der Empfang schlecht."

„Sicher", stimmte der andere bereitwillig zu. „Für eine Weile, Joe. Aber wenn achtundvierzig Stunden vergehen und sie nichts von uns hören, werden sie, verdammt noch mal, schnell einen Streifenwagen hier draußen haben, der die Ermittlungen durchführt. Der Dienst mag uns, Joe. „Ich will uns nicht verlieren."

Berne wusste, dass das, was Hervey sagte, wahr war.

„Bis dahin wirst du tot sein", versicherte er Hervey.

Das sanfte, verhasste Lachen hallte in seinem Helm wider. „Werde ich, Joe?"

***

Die Stunden vergingen, und das trübe Licht nahm zu und ab, während sich der Planetoid im Nichts drehte. Wie schwerfällige, dicke Roboter, wie Marionetten an den Fäden eines Puppenspielers, rückten die beiden Gestalten vor, zogen sich zurück, umkreisten, griffen an und flohen. Sie tanzten ihr makaberes Menuett zwischen den verdrehten, gequälten schwarzen Felsen, und immer war das leise, spöttische Lachen in seinen Kopfhörern, als Berne keuchend der huschenden Puppe vor ihm nachsprang. Und schließlich sank er auf seinen Posten, atmete schluchzend und schmeckte das Salz der bitteren Tränen, die über seine Wangen liefen. Der Sauerstoff sank; nicht viel mehr. Bei der Häufigkeit, mit der sie es verwendeten, würde es nicht mehr lange halten.

„Hervey!"

Der andere bewegte sich im Schatten einer Felsspitze.

„Ich bin immer noch bei dir, Joe."

„Okay, Sam", sagte Berne. „Ich habe genug. Komm rein."

Stille trat ein, dann war aus der Ferne die Spur eines Kicherns zu hören.

„Willst du nicht mehr spielen , Joe?"

Berne knurrte, gewann dann aber mit Mühe die Kontrolle über sich zurück.

„Nein", sagte er. „Wir bringen uns gegenseitig um. Komm rein, Sam. Ich werde dir nichts tun. Versprochen."

„Danke, Joe", sagte Hervey. „Aber ich glaube, ich vertraue dir nicht mehr . Ich sag dir was. Du gehst zurück zum Schiff und ich gehe zur Station. Oder umgekehrt. Wie du willst. Aber ich glaube nicht, dass ich mit dir am selben Ort sein möchte."

„Sie würden die Basis anrufen", sagte Berne mürrisch.

„Oh, sicher", antwortete Hervey. „Wir müssten es melden, nicht wahr? Und ich müsste ihnen sagen, dass du mich nicht mehr magst , nicht wahr?"

Einen Moment lang dachte Berne verzweifelt darüber nach, es zu riskieren, Hervey in die Station zu lassen und dann unverschämt zu versuchen, Hervey zu beschuldigen, derjenige zu sein, der den Mord geplant hatte... Seine Schultern sanken herab. Es hatte keinen Sinn. Er wusste, dass sie Hervey glauben würden – Hervey mit seinem Ruf, dem vorsichtigen, zuverlässigen alten Sam Hervey... Es war fast vorbei.

„Verdammt", sagte er. Er hörte Hervey wieder lachen.

Es ging ewig so, dachte Berne. Die kleinen Roboterfiguren setzten ihren Tanz fort, sie rückten vor und flohen, umkreisten und gevierteilt. Seine Augenlider hingen herab, sein Kopf fiel im Helm nach vorne. Mit einem Ruck wachte er auf. Hervey bewegte sich wie ein Schuss und rannte auf die Leiter des Schiffes zu. Schreiend stürzte Berne auf ihn zu. Hervey sah ihn, schwankte, während er die Entfernung abschätzte, und wusste, dass er es nicht schaffen würde. Er sprang weg. Es war knapp. Berne hätte ihn fast erwischt. Als der große Mann schließlich stehen blieb und nach Luft schnappte, war Hervey kaum hundert Meter entfernt. Es hätte genauso gut eine Meile sein können. Merkwürdig zusammengeschrumpft drehte sich Berne um und ging schwerfällig auf seinen Posten zurück. Hervey wartete, bis er sich setzte, dann wich er ein wenig zurück und setzte sich neben einen Felsen, um zuzusehen.

Joe Berne sackte zusammen und wartete auf eine Bewegung. Er begann jetzt nach Luft zu schnappen und starrte hungrig auf die einladenden offenen Schleusen des Schiffes und der Astarea- Station.

Sein Kopf tat ihm weh und seine Augen konnten nicht richtig fokussieren .

Zweimal glaubte er zu sehen, wie Hervey aufstand und sich auf das Schiff zubewegte, und beide Male rappelte er sich auf und rannte hinter ihm her. Beide Male hatte er sich geirrt; Hervey hatte sich nicht bewegt. Berne schüttelte seinen schmerzenden Kopf. Fing er an, sich Dinge vorzustellen? Vielleicht ... vielleicht war Hervey tot. Er bewegte sich auf die dicke, bauchige Masse zu, die Hervey war. Hervey stand auf, ging weg und blickte zurück. Er war also nicht tot. Er wartete dort draußen im Jupiterlicht auf den Tod von Joe Berne.

„Du wirst auch sterben!" schrie er in sein Mikrofon. „Du wirst auch sterben!"

Die Stimme, die zurückkam, war schwach und müde, und er merkte, dass seine eigene Stimme erstickt und fast erstickt war. Der Schweiß lief ihm übers Gesicht und vermischte sich mit den nassen Tränen in seinem Anzug. Seine Füße waren wie Blei.

„Ja", sagte die Stimme. „Ich werde auch sterben, Joe. Aber wird dir das etwas nützen? Wo du hingehst, gibt es keine Uranschläge, Joe — nein, nichts, Joe, es sei denn, du bekommst schnell Sauerstoff."

Er konnte nicht, er schluchzte vor sich hin. Er konnte nicht durch diese einladende Schleuse zu den großen Tanks gelangen, die das kostbare Gas enthielten. Wie lang? Fünf Minuten jedenfalls, vielleicht mehr, vielleicht etwas weniger. Aber mehr als genug Zeit für Sam Hervey, sich in Sicherheit zu bringen, die Luftschleusen zu verriegeln und seine Botschaft in den Himmel fliegen zu lassen, auf dem Weg zu den wartenden Ohren am Marsterminal ...

Das seltsame, verrückte Licht war voller sich bewegender Gestalten in Raumanzügen, die ihn auslachten und verspotteten, und sie alle trugen das hässliche, vom Weltraum verbrannte Gesicht von Sam Hervey. Er sprang auf und schüttelte seine Faust vor ihnen. Er nahm den Projektor und betätigte den Schalter, bis die Felsen von den Flammen explodierender Raketen bespritzt wurden. Er lachte und fluchte und plapperte über die Gestalten, und dann begriff er, dass es keine Gestalten gegeben hatte, dass Sam Hervey immer noch unter demselben Felsen war, wo er stundenlang gewesen war und ihn beobachtet hatte.

Er musste sich beherrschen, dachte er zitternd. Jedes Mal, wenn er die Kontrolle verlor, verschwendete er Sauerstoff, kostbaren, wunderbaren Sauerstoff; seine arbeitenden Lungen schrien danach. Er wusste, dass Hervey ruhig blieb und Sauerstoff sparte. Und er wusste, dass der kleinere, leichtere Mann wahrscheinlich nicht so viel Sauerstoff verbrauchen würde wie er, selbst im Ruhezustand; es würde kaum einen Unterschied geben, aber auf lange Sicht ... Das schon wieder! Sam Herveys lange Sicht, von der er immer sprach!

„Ich muss ruhig bleiben", sagte er laut. „Ruhig bleiben! Ich war noch nie ruhig. Jetzt muss ich ruhig bleiben!"

Halt den Mund, sagte er sich. Verschwende keinen Atem. Er begann wieder zu weinen, und die Dunkelheit war von farbigen Lichtern durchzogen. In seinem Mund schwoll seine Zunge an, sie war dick und drückte gegen seine Zähne. Ein Schluck Wasser aus dem Schlauch seiner Feldflasche half nicht, die Zunge blieb geschwollen. Er fiel und hörte das Geräusch seines eigenen würgenden Keuchens. Unbeholfen tastete er am Einlassventil herum, spürte den kühlen Atem des Sauerstoffs, fühlte das neue Leben durch den Schlauch rinnen, der Druck war fast weg. Er saugte daran, schluckte, stöhnte, große, reißende Schluchzer entrangen seiner Brust. Die farbigen Lichter verblassten und verschwanden, und er sah, wie Sam Hervey sich langsam auf das Schiff zubewegte. Noch ein paar Sekunden...!

Schreiend sprang er auf Hervey zu, seine Arme fuchtelten wild um sich, seine Finger waren zu Klauen gekrümmt, er hasste es und wollte zerfleischen und töten. Er stürzte schwer, fiel auf die Brust, kam taumelnd auf die Beine und rannte weiter. Hervey beobachtete ihn und entfernte sich dann. Auch Hervey schwankte und hatte Schwierigkeiten, die langen, schwerkraftlosen Sprünge zu kontrollieren, aber er stürzte nicht. Er ging weg, setzte sich hin und beobachtete Joe Berne mit großem Interesse, und über die Kopfhörer hörte Berne das schwache spöttische Kichern seines Feindes.

Joe Berne wurde damals verrückt.

Joe Berne drehte in diesem Moment durch. Er war schon seit Stunden ein bisschen verrückt gewesen; vielleicht war er es schon seit jener ersten verrückten Verfolgungsjagd durch die alptraumhafte Landschaft. Er drehte sein Ansaugventil bis zum Anschlag auf und lachte und heulte und hüpfte fröhlich herum, während der Sauerstoff in seine ausgehungerten, keuchenden Lungen strömte. Er sprang in die sternenübersäte Dunkelheit und schrie das gebänderte Gesicht des Jupiters am Himmel an. Er plapperte, und er hob das schwere Gewehr auf und schleuderte es auf Sam Hervey, und dann lachte er vor Vergnügen, als es davonschwebte und sanft auf die Felsen fiel.

Er lachte noch, als das Ansaugventil blubberte und zischte und verstummte, und es gab keinen Sauerstoff mehr. Langsam wandte er sich ab, taumelte schwerfällig auf das Schiff zu, auf die Sauerstofftanks zu. Die bunten Lichter waren wieder eingeschaltet worden. Ein großer Hammer krachte gegen sein Gehirn. Jemand drückte ihm die Augäpfel aus den Höhlen, jemand hatte starke Finger fest um seinen Hals geschlossen. Er würgte und riss sich mit den eigenen Händen die Kehle auf. Er fiel mit dem Gesicht nach unten und versuchte zu kriechen, und in seiner Brust hörte er das Saugen und Rasseln.

Berne war sich bewusst, dass Sam Hervey über ihm stand und das blasse, kalte Licht des großen Planeten über ihm verdunkelte. Er war sich des Gesichts bewusst, das durch die Platte in seine eigenen sich verdunkelnden Gesichtszüge blickte. Er versuchte, Hervey zu ergreifen, ihn mit sich in die schmerzerfüllte Nacht hinunterzuziehen, aber seine Arme bewegten sich nicht. Durch die blitzartige Dunkelheit hörte er diese sanfte, spöttische Stimme.

„Gute Nacht, Joe", sagte Sam Hervey. „Du warst immer nachlässig."

9 789359 940199